বলো তো, তোমাকে আমি কতটা ভালবাসি

লিখেছেন

স্যাম ম্যাকব্রাটনী

ছবি এঁকেছেন

অনীতা জেরাম

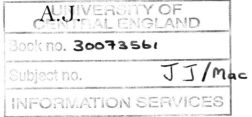

To Liz with love,

This edition published in 1995 by
Magi Publications, 55 Crowland Avenue,
Hayes, Middx UB3 4JP

First published in Great Britain in 1994 by
Walker Books Ltd, London

Text © 1994 Sam McBratney
Illustrations © 1994 Anita Jeram
Bengali translation © 1995 Magi Publications

Printed and bound in Hong Kong

ISBN 1 85430 382 1

GUESS HOW MUCH I LOVE YOU

Written by
Sam McBratney

Illustrated by
Anita Jeram

TRANSLATED BY
KANAI DATTA

MAGI PUBLICATIONS
LONDON

বাদামী রঙের ছোট খরগোশটি শুতে যাচ্ছিল।
যেতে যেতে সে বাদামী রঙের বড় খরগোশটির বিরাট
লম্বা কান দুটি শক্ত করে ধরল।

Little Nutbrown Hare, who was
going to bed, held on tight to
Big Nutbrown Hare's very long ears.

ও নিশ্চিন্ত হতে চাইল যে বড় বাদামী খরগোশ যাতে ওর কথায় মন দেয়।

সে জিজ্ঞেস করল, "বলো তো, তোমাকে আমি কতটা ভালবাসি।"

বড় বাদামী খরগোশ উত্তর দিল, "ওরে বাবা, সেটা আমি বলতে পারব না।"

He wanted to be sure that Big Nutbrown Hare was listening.

"Guess how much I love you," he said.

"Oh, I don't think I could guess that," said Big Nutbrown Hare.

ছোট বাদামী খরগোশ হাত দুটি দু ধারে
যতটা পারে ছড়িয়ে বলল,
"এতটা"।

"This much," said Little
Nutbrown Hare, stretching out
his arms as wide as they could go.

বড় বাদামী খরগোশের হাতগুলি তো আরও বড়।
সে বলল, "কিন্তু আমি তোমায় ভালবাসি এতটা।"
হুঁ সেটা তো অনেকটাই, ভাবল ছোট বাদামী খরগোশটা।

Big Nutbrown Hare had even
longer arms.
"But I love YOU this much," he said.
Hmm, that is a lot, thought Little
Nutbrown Hare.

"যতটা উঁচুতে যেতে পারি, আমি তোমাকে ততটাই ভালবাসি," একথা বলল ছোট বাদামী খরগোশ।

"I love you as high as I can reach," said Little Nutbrown Hare.

"আমিও যতটা উঁচুতে যেতে পারি ততটাই তোমাকে ভালোবাসি," বলল বড় বাদামী খরগোশ।

"I love you as high as *I* can reach," said Big Nutbrown Hare.

ছোট বাদামী খরগোশ ভেবে
দেখল যে সেটা বেশ উঁচু। আহা,
আমারও যদি অমন হতে থাকত।

That is quite high,
thought Little
Nutbrown Hare.
I wish I had arms
like that.

ছোট বাদামী খরগোশের মাথায় একটা বুদ্ধি এল। সে উল্টে পড়ে দুই হাতের উপর দাঁড়িয়ে পা দিয়ে গাছের উঁচু ডাল ছুঁয়ে ফেলল।

Then Little Nutbrown Hare had a good idea. He tumbled upside down and reached up the tree trunk with his feet.

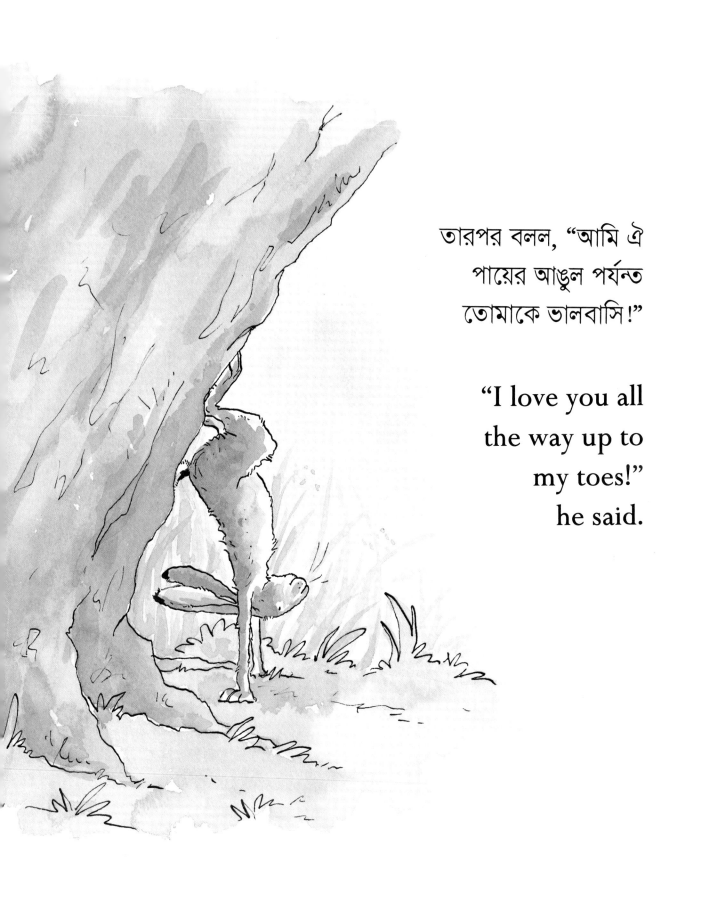

তারপর বলল, "আমি ঐ
পায়ের আঙুল পর্যন্ত
তোমাকে ভালবাসি!"

"I love you all
the way up to
my toes!"
he said.

বড় বাদামী খরগোশ তখন
ছোটকে নিজের মাথার
উপর তুলে ধরে বলল,
"আর **আমি** ভালবাসি ঐ তোমার
পায়ের আঙুল পর্যন্ত।"

"And *I* love you all the
way up to your toes,"
said Big Nutbrown
Hare, swinging
him up over
his head.

"আমি যতটা লাফাতে
পারি, তোমাকে
ততটা ভালবাসি!"
হেসে বলল ছোট
বাদামী খরগোশ,

উপরে নিচে
লাফাতে লাফাতে।

"I love you as high
    as I can HOP!"
laughed Little
    Nutbrown Hare,

bouncing up
    and down.

"কিন্তু **আমি** যতটা লাফাতে পারি তোমাকে আমি ততটাই ভালবাসি," হেসে বলল বড় বাদামী খরগোশ – আর সে এত উঁচু পর্যন্ত লাফ দিল যে ওর কান দুটি অনেক উঁচু ডাল স্পর্শ করল।

"But I love you as high as *I* can hop," smiled Big Nutbrown Hare – and he hopped so high that his ears touched the branches above.

ছোট বাদামী খরগোশ ভাবল যে লাফটা বেশ ভালই হয়েছে। আহা, আমিও যদি অতটা লাফাতে পারতাম।

That's good hopping, thought Little Nutbrown Hare. I wish I could hop like that.

"আমি তোমাকে এই পথের শেষে নদী পর্যন্ত ভালবাসি,"
চেঁচিয়ে বলল ছোট বাদামী খরগোশ।

"I love you all the way down the lane as far as
the river," cried Little Nutbrown Hare.

বড় বাদামী খরগোশ বলল, "আমি তোমাকে ভালবাসি
নদীর ওপারের পাহাড় পর্যন্ত।"

"I love you across the river and over
the hills," said Big Nutbrown Hare.

ছোট বাদামী খরগোশ ভাবল, সেটা তো বেশ দূর। ওর তখন এত ঘুম পেয়ে গেছে যে ও আর ভাবতেই পারছিল না। তখন সে তাকাল ঐ কাঁটা ঝাড়ের ওপারে রাতের গভীর আঁধারের দিকে। আকাশের চেয়ে দূর তো আর কিছুই হতে পারে না।

That's very far, thought Little Nutbrown Hare. He was almost too sleepy to think any more. Then he looked beyond the thorn bushes, out into the big dark night. Nothing could be further than the sky.

"আমি তোমাকে একেবারে **চাঁদমামা** পর্যন্ত ভালবাসি," সে বলল এবং দুই চোখ বন্ধ করে ফেলল।

"ও! সে তো অনেক দূর," বড় বাদামী খরগোশ বলল, "অনেক, অনেক দূর।"

"I love you right up to the MOON," he said, and closed his eyes. "Oh, that's far," said Big Nutbrown Hare. "That is very, very far."

বড় বাদামী খরগোশ ছোট বাদামী খরগোশকে ওর পাতার বিছানায় সাবধানে শুইয়ে দিল।

Big Nutbrown Hare settled
Little Nutbrown Hare into
his bed of leaves.

ও নিচু হয়ে গালে চুমা দিয়ে
ওকে একটু আদর করল।

He leaned over and
kissed him good
night.

তারপর কাছেই শুয়ে একটু হেসে আস্তে আস্তে বলল, "আমি তোমায় ভালবাসি ঐ চাঁদে যাওয়া আর **ফিরে আসা** পর্যন্ত।"

Then he lay down close by
and whispered with a smile,
"I love you right up to the moon –
AND BACK."